소로우가 되는 시간

소로우가 되는 시간

필사로 만나는 치유와 사색의 시간

헨리 데이비드 소로우 지음

안진희 엮고 옮김

심플라이프

"내가 가장 영향을 받은 것이 있다면 소로우의 간소한 삶이다.
간소하게 사는 것은 가장 본질적인 삶이다.
복잡한 것은 비본질적이다. 단순하고 간소해야 한다."

_법정 스님

| 일러두기 |

* 이 책은 소로우의 명저 『월든』과 『일기』에서 그의 삶의 가치와 철학을 잘 드러낸 명문장을 선별하여 수록했다.
* 외래어표기법에 따르면 '소로'라고 표기해야 하지만 이 책에서는 이미 널리 쓰고 있는 '소로우'로 표기했다.

Contents

Prologue

내가 소로우를 처음 알게 된 건 7년 전쯤이다. 당시 초보 번역가였던 나는 19세기 영미 문학의 독보적 작품이라는 『월든』을 짐짓 설레고 비장한 마음으로 영접(?)했다. 하지만 웬일인지 절반도 읽지 못하고 덮고 말았다. 그토록 좋다는 책이 내겐 어찌나 힘들고 재미없게 느껴지던지….

무심히 덮어둔 그 책을 다시 찾게 된 건 3년 전이다. 2012년은 소로우가 죽은 지 150주년이 되던 해로 여기저기서 그의 삶을 조명하는 작업이 한창이었다. 마침 '앞으로 어떻게 살 것인가'라는 고민에 사로잡혀 있던 나는 뭔가에 끌리듯 그 책을 다시 펼쳐 들었다.

그런데 이게 무슨 일인가. 페이지마다 밑줄이 줄줄 그어졌고, 며칠 동안 책에 푹 빠져 지냈다. 뭐랄까, 책을 읽는 내내 마치 온전한 내 편을 만난 듯한 설렘에 가슴이 뛰었다. 아마도 내가 가고자 하는 삶의 방향이 그르지 않았다는 사실을 소로우의 글을 통해 확인하는 데서 오는 반가움과 안도감 때문이었으리라. 이후 나는 틈이 날 때마다 소로우를 뒤적인다. 세상의 속도를 따라가느라 숨이 찰 때, 불필요한 욕

망에 휩쓸릴 때, 무엇을 해야 할지 막막할 때, 꽉 찬 충만감이 필요할 때면 그를 곁에 두고 조용히 쉰다. 읽을 때마다 놀라는 건 매번 전해 오는 느낌이 조금씩 다르다는 점이다.

출판사로부터 소로우의 글을 모아 필사책을 내보자는 제안을 받았을 때 내심 반가우면서도 두려웠다. 평소 좋아하는 소로우의 글을 내 이름을 걸고 낼 수 있다는 기쁨 뒤로 앞뒤 맥락을 유기적으로 읽어야 오롯이 이해할 수 있는 그의 글이 과연 필사용으로 적합할까 하는 걱정이 겹쳤다. 하지만 고민은 오래가지 않았다. 지금은 그 어느 때보다 소로우가 절실히 필요한 때란 확신이 들었기 때문이다.

소로우가 살던 19세기와 지금은 150년이라는 세월의 차이만큼 엄청나게 달라졌다. 하지만 아이러니하게도 그가 남긴 글과 질문은 오늘에 더 유효하다. 유효할 뿐만 아니라 마치 소로우가 지금의 대한민국을 향해 말하고 있는 게 아닌가 하는 착각이 들 정도로 맞아떨어진다. 이는 우리가 150년 전 소로우가 그토록 경계했던 물질만능주의와 자연파괴, 지나친 상업주의, 출세주의, 소비주의에 젖어 정작 중요한 것이 무엇인지 잊은 채 살고 있기 때문일 것이다.

지나친 경쟁에 지쳐 힘이 빠지고, 어떻게 살아야 할지 몰라 방황하며, 심지어 무엇이 옳고 그른지도 헷갈린다는 사람들이 유난히 많은 요즘, 소로우를 통해 그들이 작은 위로와 평화, 앞으로 살아갈 희망을 찾을 수 있을 거란 믿음으로 이 책을 작업했다. 내가 그랬듯 분명 많은 사람들이 그의 글에서 깊은 용기와 깨달음을 얻게 될 거라 확신

한다.

이 책은 『월든(walden)』과 그가 남긴 39권의 일기에서 발췌한 짧은 글들로 구성되어 있다. 글 하나하나가 묵직하고 깊은 통찰을 담고 있지만 솔직히 이 짧은 글들만으로 소로우의 사상을 제대로 이해하기란 불가능하다. 그래서 가능하다면 최소한 그의 책을 한두 권이라도 정독하길 권한다.

이 책을 작업하면서 독자일 때와는 또 다르게 새로운 소로우를 만났다. 한글본을 읽을 때와는 다른 발견이었다. 기본적으로 소로우의 문장은 매우 함축적이고, 비유와 상징이 많고, 가끔 과하다 싶을 정도로 수사가 장황하다. 자연에 대한 묘사는 집요할 만큼 자세하고 생각과 논리의 전개는 단호하고 거침없다. 하지만 무엇보다 소로우의 문장은 아름답다. 따라서 그의 문장을 가만가만 읽고 되새기다 보면 어느 순간 '불필요한 것들은 뒤로 떨쳐버리고 보이지 않는 경계선을 넘는' 자신을 발견할 수 있을 것이다.

그가 남긴 많은 기록을 정독할 시간이나 상황이 허락되지 않는 독자들에게 작은 선물을 준비하는 기분으로 정성껏 글을 모으고 옮겼다. 이 책을 엮고 옮긴 사람으로서 감히 장담하건대 독자들은 이 책으로 잠시나마 자신의 존재 이유와 삶의 의미를 되짚어보는 시간을 누릴 수 있을 것이다. 또 그가 그토록 간절히 말했던 '자유'와 '자신다움'을 찾는 데 도움이 된다면 더 바랄 것이 없겠다. 항상 옆에 두고 읽는 소로우의 글로 맺음말을 대신한다.

"왜 우리는 성공하기 위해서 그렇게 필사적으로 서두르고 안간힘을 쓰며 일하는가? 왜 모두들 그렇게 허둥지둥 살면서 인생을 낭비하고 있는가? 배가 고프기도 전에 굶어죽을 것 같은 모습이다."

작업실 '뉘앙스'에서
안진희

* 부끄러운 고백이지만 나는 한때 소로우가 평생을 숲속에서 살다 간 환경주의자인 줄 알았다. 또 자연을 좋아하는 사람이 주로 그렇듯 자상하고, 따뜻하며, 다정다감한 작가 아저씨쯤으로 여겼다. 하지만 그의 책을 여러 번 읽으면서 내 생각이 완전히 틀렸음을 알게 됐다. 나중에 살펴보니 주위에 나 같은 사람이 적지 않았다. 아니, 오히려 대다수가 소로우를 정형화된 이미지로 기억하고 있었다. 오두막, 숲, 자연예찬론자, 환경운동가 등. 물론 아예 틀린 말은 아니지만 소로우는 그런 몇 단어로 규정할 수 있는 인물이 아니다. 소로우의 글을 처음 접하는 사람들과 자세히 알 기회를 얻지 못한 이들을 위해 소로우를 이해하는 데 도움이 될 만한 간단한 설명을 다음 장에 덧붙였다.

Henry David Thoreau

헨리 데이비드 소로우
(1817~1862)

『월든』이라는 단 한 권의 책으로 역사에 길이 남을
명성을 얻은 저술가이자 사상가.
스콧 니어링과 함께 한국인이 가장 좋아하는 자연주의자.

운명을 바꾼 선택

1845년 3월, 스물여덟 살의 소로우는 고향집에서 2킬로미터 떨어진 월든 호숫가로 들어가 단돈 28달러로 통나무 오두막을 직접 짓고 살기 시작했다. 최소한의 옷, 하루 한 끼의 식사로 최소한의 공간에 살며 보고 듣고 느낀 것을 적은 책이 유명한 『월든』이다. 『월든』에는 자연에 대한 예찬뿐 아니라 산업화로 인해 급격하게 변해가는 세상을 향한 통렬한 비판이 담겨 있다.

시대를 뛰어넘어 읽히는 최고의 고전

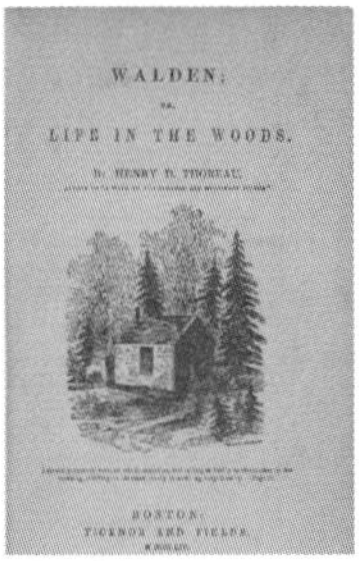

1854년 출간된 『월든』 초판본

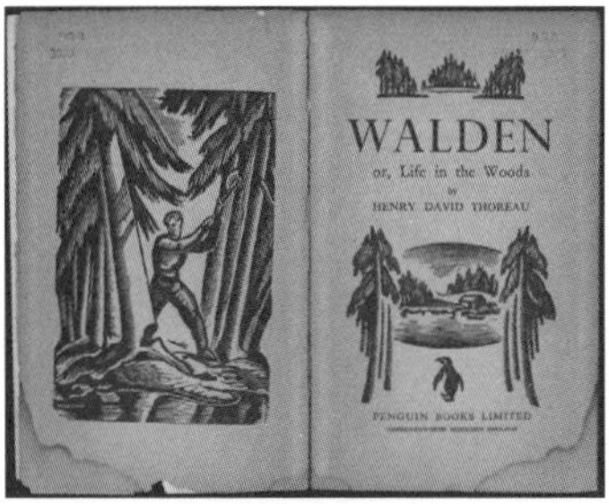

펭귄출판사 한정판 『월든』

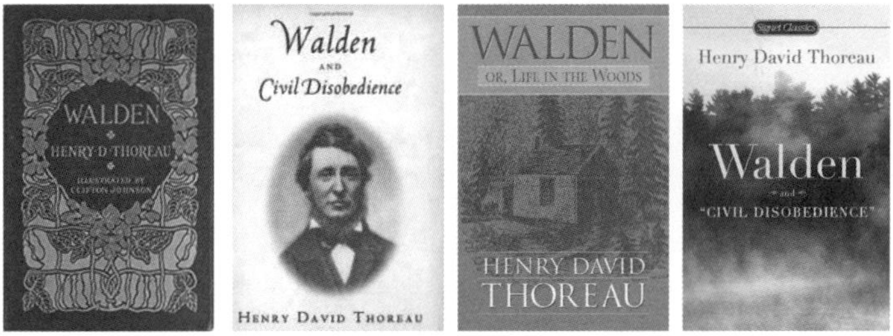

시대의 변화에 따라 다양하게 출간된 『월든』 판본

자연에서 살아가는 단순하고 검소한 생활을 기록한 『월든』은 처음 출간 당시 2천 부도 다 팔지 못해 미판매본을 소로우 자신이 사들여야 할 정도로 주목받지 못했다. 이후 그의 저항정신에 감동받은 톨스토이가 그의 철학을 재조명하면서 19세기 영미 문학의 독보적인 작품으로 재평가되었다. 이후 150여 년이 지난 지금까지 세계적으로 널리 읽히고 있는 『월든』은 소로우가 10년에 걸쳐 일곱 번 넘게 고쳐썼을 정도로 심혈을 기울인 작품이다.

하버드대학 졸업생, 평생 비정규직 노동자로 살다

소로우는 대학생이 드물던 당시, 하버드대학을 우수한 성적으로 졸업했다. 하지만 그는 대학을 자랑하기는커녕 무시와 경멸의 대상으로 여겨 평생 동안 대학의 동창회 회원이 되는 것조차 거부할 정도였다. 소로우는 당시 대학의 규범이나 규칙, 이념을 조롱하며 "대학은 학비만 비쌌지 제대로 된 지성이나 인간답게 살아가는 법을 가르쳐주지 않는다"고 비판하고, 대학 공부가 아니라 인생에 직접 뛰어들어 배울 것을 강조했다. 한가하게 책상머리에서 앉아 있는 지성인보다 땀흘려 일하는 농민이나 인디언을 더 칭송했으며 학대받는 노예나 원주민의 편에 섰다.

대학을 졸업한 소로우는 고향 콩코드로 돌아가 막일이나 측량, 강연 등을 통해 돈을 벌고 그 돈으로 산책, 자연 관찰, 독서, 집필 등을 하며 자기탐구에 몰두했다. 학문을 위한 학문이 아닌 철저한 내면의 각성을 중시했던 그는 대학, 문명, 산업에 대한 통렬한 비판주의자였다.

소로우를 둘러싼 몇 가지 오해

★ 오두막에서의 산 기간은 2년 2개월 2일

많은 사람들이 소로우를 평생 자연 속에서 살다 간 은둔자쯤으로 여긴다. 하지만 그가 숲속 오두막에서 지낸 시간은 단지 2년 2개월 남짓이다. 이후 그는 오두막을 나와 고향집에서 산책과 독서, 막노동, 가정교습, 강연을 하며 생계를 유지했다. 그럼에도 그는 오두막에서 지낸 동안만큼은 직접 밭을 일구고 자연을 관찰하면서 철저하게 고독과 자유를 누리며 새로운 가능성을 실험했다. 소로우는 2년 동안 자연에 완전히 몰입했고, 자연이 들려주는 소리에 철저하게 귀 기울였으며, 그곳에서 보고 듣고 느꼈던 아름다움을 충실하게 기록함으로써 불후의 명작을 남겼다.

★ 숲속 은둔자 아닌 실험가이자 탐험가

소로우 하면 떠올리는 이미지는 환경주의자, 자연주의자이다. 심지어 어떤 이들은 숲속의 성자로 예찬하기도 한다. 하지만 소로우는 자연이 좋아 숲속에 숨어든 은둔자는 아니었다. 그는 숲에서 지내는 동안에도 가까이에 있는 마을에 자주 들러 사람들을 관찰하고 소통했으며 손님도 자주 찾아왔다. 그가 숲으로 들어간 진짜 이유는 자본주의 문명을 거부한 채 철저히 혼자가 되어 자기실험, 즉 최소한의 노동으로도 먹고 살 수 있다는 새로운 가능성을 실험하기 위해서였다. 번잡한 곳을 떠나

조용히 집필에 몰두하고 싶다는 이유도 컸다. 그는 자발적 가난과 고독을 즐겼으며 타인의 시선이나 제도에 얽매이지 않는 삶을 추구했던 실험가이자 탐험가였다.

★ 괴팍하고 까칠한 개인주의자

소로우는 누구의 눈치도 보지 않고, 누구의 흉내도 내지 않으며 평소 소신과 철학을 거침없이 말하고 실천했던 인물이다. 성격도 사교적인 것과는 거리가 멀었다. 그래서인지 그의 글에는 솔직하고 거침없는 독설이 자주 등장한다. 소로우는 학창시절부터 주관이 강하고 고집이 셌으며 유난히 혼자 있는 것을 즐겼다. 특히 어른이 된 후에는 국가주의와 집단성을 극도로 혐오했다. "가장 적게 통치하는 국가가 가장 좋은 국가다"라는 말에서 느낄 수 있듯 국가나 집단의 가치보다 개인의 자유를 월등한 위치에 두었다. 개인으로서 소로우는 누군가에게 적극적인 도움을 청하지도 않았지만 자신의 삶이 누군가에게 구속되거나 침해받는 것도 용서하지 않았다. 그는 매일 4시간 이상을 산책했을 만큼 자연속에서 혼자 있는 시간을 즐겼다.

★ 사회비판에 신랄했던 실천주의자

그가 숲속에 살며 자연만 찬미했을 거란 생각은 완전히 잘못됐다. 그는 당시 미국 사회의 문제를 신랄하게 비판했으며 자본주의, 산업주의, 상업주의, 물질주의에 맞서 반기를 든 저항의 인물이다. 오두막을 짓고 숲으로 들어간 것도 당시 사회에 저항하는 의미가 컸다. 그는 노예 제도 폐지, 납세 거부, 자연 파괴 및 개발 비판, 시민 불복종, 신념에 의한 병역 거부 등을 외치고 실천한 당대의 사회운동가였다. 비폭력보다는 적극적 저항을 외쳤으며 특히 만연한 자연 파괴에 대해서는 거침없는 비난도 서슴지 않았다. 위대한 사상가이자 조세 저항가, 사회비판가, 철학자 등 다양한 이름으로 불렸던 그의 삶은 후대의 정치인이나 행동가들에게 많은 영향을 끼쳤다.

★ 멋대로 살다 간 진정한 자유인

그를 다양한 호칭으로 부르지만 그의 삶을 한마디로 표현하면 '자연'과 '자유'다. 지독할 정도로 자신의 신념을 중시했으며, 타인의 평가나 보편적 삶의 방식에 전혀 개의치 않고 자유롭게 살았던 인물. 괴짜에 게으름뱅이라는 비난에도 끄떡하지 않았지만 자신이 옳다고 믿는 부분에서는 강한 목소리를 냈고 뜻을 굽히지 않았다. 소로우는 역사상 개인의 자유와 양심을 가장 중요하게 생각하고 철저하게 지키며 살다 간 영원한 자유인이었다.

그의 친구이자 스승이었던 에머슨

19세기 미국의 지성을 대표하는 철학자 에머슨(Ralph Waldo Emerson)은 소로우의 가까운 친구이자 스승으로 그에게 지대한 영향을 끼친 인물이다. 당시 저명한 수필가였던 에머슨은 대학에서 만난 소로우에게 글을 써보길 권했으며 소로우는 그의 권유로 본격적인 집필을 시작했다고 알려져 있다. 또한 소로우는 에머슨의 『자연(Nature)』을 읽고 크게 감명을 받아 대학시절 집 근처에 있는 프린트 호숫가에 오두막을 짓고 6주를 보내기도 했다.

평소 소로우는 에머슨과 가까이 살며 자주 왕래했으며 오두막을 나온 후, 에머슨 아들의 가정교사로 잠시 일하기도 했다.

소로우가 죽자 에머슨은 장례식에서 이렇게 말했다.

"미국은 아직, 아니 조금도 모릅니다. 얼마나 훌륭한 아들을 잃어버렸는지를. 그는 가장 고귀한 사회를 위한 영혼이었습니다. 그는 짧은 인생 동안 이 세상에서 자신이 할 수 있는 일을 다 했습니다. 그는 진리가 있고, 선이 있고, 아름다움이 있는 곳이라면 어디에서나 편히 쉴 것입니다."

현재 프린트 호숫가에는 '소로우연구소'가 있다.

소로우를 따르고 칭송한 사람들

실천적 철학자인 소로우의 삶과 글, 사상은 후대에 헤아릴 수 없이 많은 사람들에게 영향을 미쳤다. 그중에서도 작가 톨스토이, 인도의 마하트마 간디, 로버트 프로스트, 존 F. 케네디, 마틴 루터 킹 등이 널리 알려진 인물이다. 이 밖에도 마르셀 프루스트, 윌리엄 버틀러 예이츠, 어니스트 헤밍웨이, 존 뮤어, 프랭크 로이드 라이트, 레이첼 카슨 등 소로우에게 영향을 받은 예술가, 작가, 사상가는 셀 수 없이 많다.

한국에서도 『월든』은 법정 스님, 한비야 등 명사들의 추천을 받으며 일생에 한 번은 읽어야 할 명저로 꼽힌다.

하.나.

소박한 삶

내가 숲으로 간 이유는

삶을 천천히 신중하게 꾸리면서

삶의 본질적인 측면들만 마주하며

삶이 내게 가르치는 것들을 배우고 싶어서였다.

죽음을 눈앞에 두고서야

내가 제대로 살지 못했다는 걸

깨닫고 싶지는 않았다.

나는 참되지 않은 삶을 살고 싶지도 않았고,

체념을 연습하며 괴롭게 살고 싶지도 않았다.

삶은 너무나 소중한 것이기에.

가난하게 사는 것이

내 계획은 아니었다.

나는 다만 생계를 꾸리는 데

너무 많은 시간을 허비하며

살고 싶지 않았다.

나는 가구 중 일부는 스스로 만들었고
나머지는 다른 사람들에게서 얻었다.
침대 하나, 탁자 하나, 책상 하나, 의자 셋,
직경 3인치의 거울 하나, 부젓가락 한 벌과
장작 받침쇠 하나, 주전자 하나, 냄비 하나,
프라이팬 하나, 국자 하나, 세숫대야 하나,
나이프와 포크 두 벌, 접시 셋, 컵 하나, 스푼 하나,
기름 항아리 하나, 당밀 항아리 하나 그리고
옻칠한 램프 하나가 내가 가진 전부였다.

왜 우리는 성공하기 위해서 그렇게 필사적으로 서두르고 안간힘을 쓰며 일하는가? 어떤 사람이 주위 사람들과 같은 속도로 움직이고 있지 않다면 아마 그가 사람들이 듣는 것과 다른 북소리를 듣고 있기 때문일 것이다.

그가 자신이 듣는 북소리에 따라 움직이게 내버려 두라. 그 박자가 어떻든, 얼마나 멀리서 들리든 말이다. 그가 사과나무나 떡갈나무와 같은 속도로 성숙해야 할 필요는 없다.

다른 사람들과 속도를 맞추기 위해 그가 자신의 봄을 여름으로 바꿔야 한단 말인가?

나는 좋아하는 것과

싫어하는 것의 구분이 뚜렷하고

특히 자유를 소중하게 생각했으므로,

그리고 간소한 삶으로도 충분히 만족했으므로,

나의 귀중한 시간을 값비싼 양탄자나

고급 가구나 우아한 요리,

고대 그리스풍이나 고딕풍의 집을

마련하는 데 허비하고

싶지 않았다.

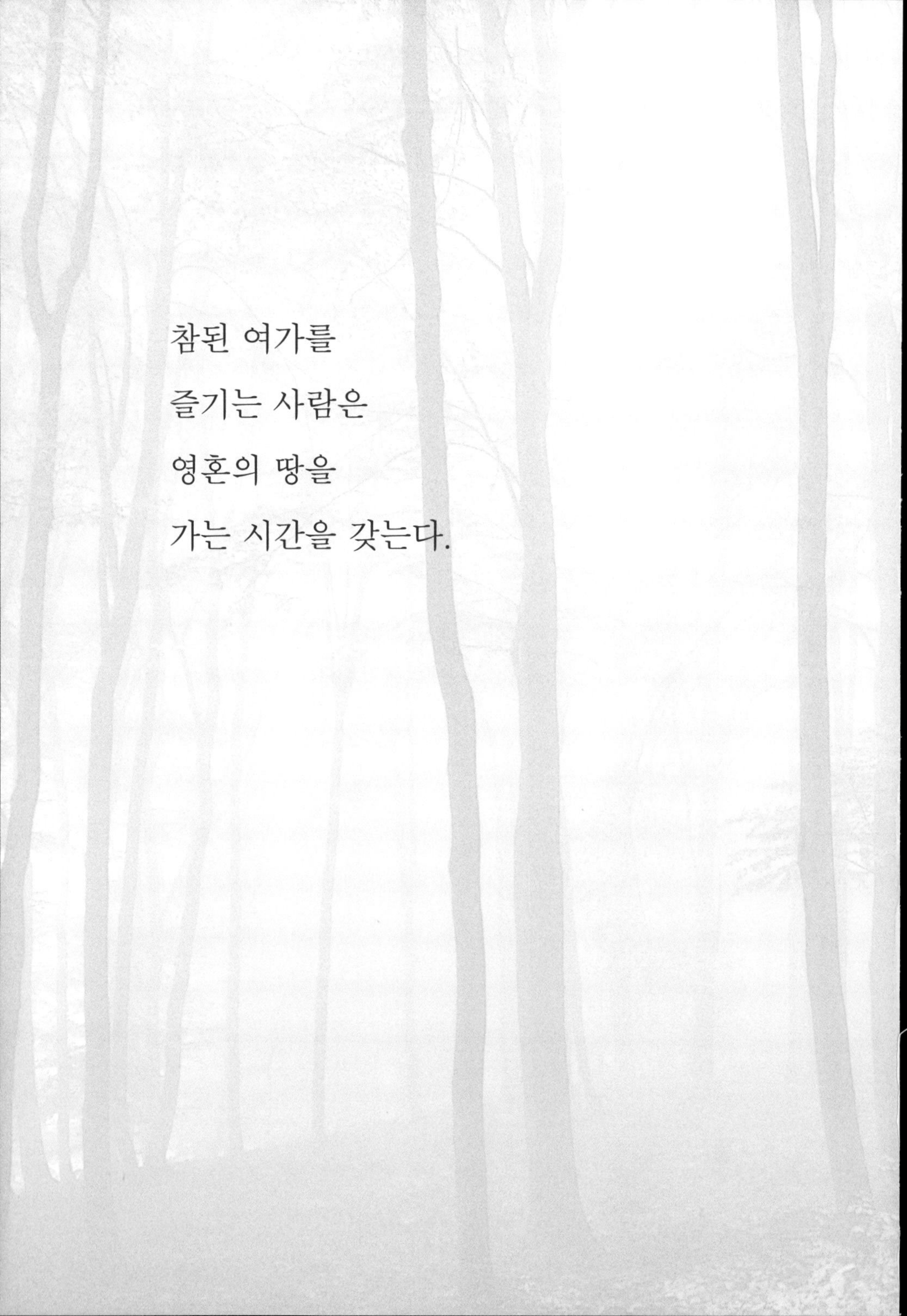

참된 여가를

즐기는 사람은

영혼의 땅을

가는 시간을 갖는다.

일을 잘하는 노동자는 자신의 하루를 일로 빽빽이 채우지 않는다. 틈틈이 휴식과 여가를 즐기며 느긋하게 일한다. 그의 하루에는 한가로이 쉴 수 있는 넓은 여백이 있을 것이다. 그는 오로지 시간의 알맹이만을 열심히 지키며 그 껍질의 가치를 과장하지 않는다. 왜 암탉은 하루 종일 한 개의 알만을 품는가? 암탉은 오직 한 번에 한 개의 알만 낳으며 새로운 알을 낳기 위한 준비를 따로 하지 않는다. 일을 많이 하는 사람들은 일을 열심히 하지 않는 사람들이다.

경험은 손과 머리에 남는다.
가슴은 영원히 미숙하다.

정원에 있는 세이지를 가꾸듯 가난을 가꾸라.

옷이든 친구든 새 것을 얻으려 애쓰지 말라.

사치다.

오래된 것들에게 고개를 돌리라.

그것들에게 돌아가라.

존재의 본질은 변하지 않는다.

변하는 건 우리다.

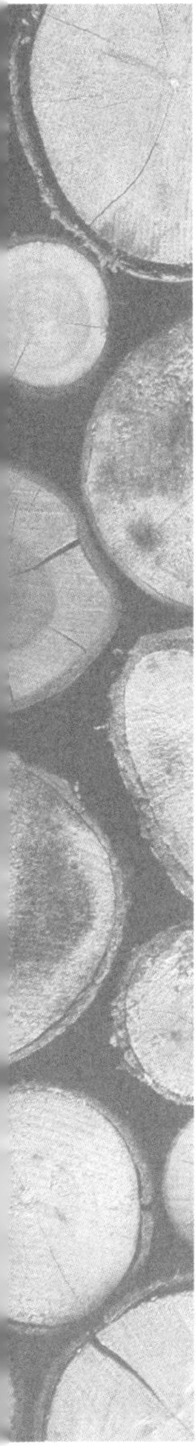
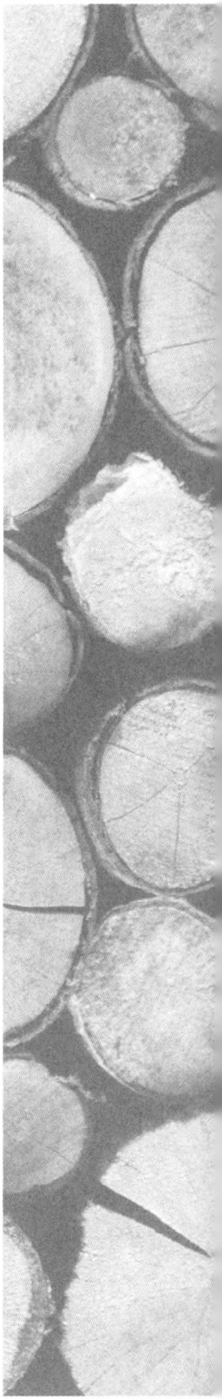

나의 내면이 풍요롭지 않다면

풍경의 아름다움이 무슨 소용이 있겠는가?

내 자신의 삶이 아름답지 않다면

아무리 아름다운 풍경일지라도 의미가 없다.

나는 그다지 가난하지 않다.

사과 익는 냄새를 맡을 수 있기 때문이다.

비교적 자유로운 이 나라에서조차도
대부분의 사람들은 무지와 오해 때문에
의미 없는 근심과 과도한 일상 노동에
몸과 마음을 빼앗겨
삶의 더 아름다운 과실을
음미하지 못하고 있다.

돈 한 푼 들이지 않고
즐거움을 얻을 수 있는 자가
최고의 부자다.

내 경험상,

소위 부라고 하는 것,

즉 이전에 소유했던 것보다

더 많은 재물을 소유하는 것만큼

정말로 인간을 가난하게 만드는 것은

없는 것 같다.

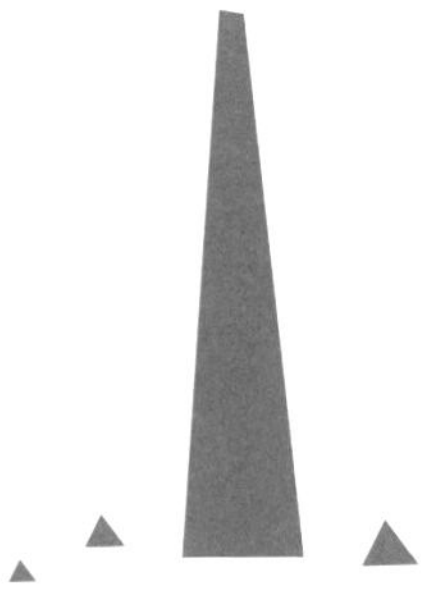

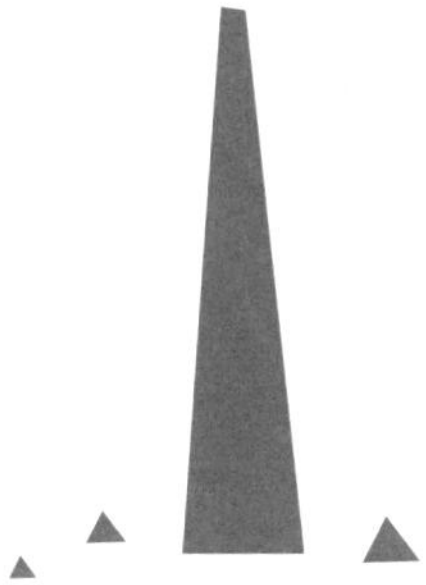

요즘 많은 사람들이 그러하듯 나는 오랫동안
육류와 차와 커피를 거의 먹지 않았다.
그것들이 건강에 어떤 나쁜 영향을 끼친다는
사실을 새로 알아내서가 아니라 선뜻 마음이
가지 않았기 때문이다. 육식에 대한 거부감은
경험의 결과가 아니고 일종의 본능이었다.
검소한 생활을 하고 채식을 하는 것이
여러 가지 면에서 더 아름답게 느껴졌다.

대부분의 사람들은 집이라는 게 무엇인지를
단 한 번도 제대로 생각해보지 않은 것 같다.
그러고선 이웃들이 가진 것 같은 집 한 채는
가져야만 한다는 생각에
평생을 쓸데없이 가난하게 산다.

내 집에는 의자가 셋 있다.

하나는 고독을 위한 의자이고

하나는 우정을 위한 의자이며

하나는 사람들과 어울리기 위한

의자이다.

우리의 삶은 세부적인 일들 때문에 쓸데없이 낭비되고 있다. 정직한 사람이라면 숫자를 세는 데 열 손가락 이상 필요한 경우가 거의 없으리라. 그걸로 부족하다면 열 발가락을 더하면 될 것이다. 그 나머지는 불필요하다.

간소화하라, 간소화하라, 간소화하라!

할 일을 두세 가지로 줄이라. 백 가지나 천 가지가 되게 하지 말라. 백만까지 세지 말고 여섯까지만 세라. 가계부는 엄지손톱에 다 적을 수 있을 정도로 간단하게 적으라.

농부는 하루 종일

홀로 밭에서 김을 매거나

숲에서 나무를 베면서도

외로움을 느끼지 않는다.

자신의 일에

몰두하고 있기 때문이다.

왜 모두들 그렇게

허둥지둥 살면서

인생을 낭비하고 있는가?

배가 고프기도 전에

굶어죽을 것 같은

모습이다.

불필요한

부富로는

불필요한 것들밖에

살 수 없다.

영혼에 필요한

단 한 가지를 사는 데 돈은

필요 없다.

불필요한

부富로는

불필요한 것들밖에

살 수 없다.

영혼에 필요한

단 한 가지를 사는 데 돈은

필요 없다.

간소화하고,

간소화하라.

하루에 세 끼를 먹는 대신

정 필요할 때 한 끼만 먹어라.

백 가지 요리를

다섯 가지로 줄이라.

다른 것들도

이 정도로 줄이라.

옷은 내다팔지라도 자신의 생각은 지키라.
한 마리 거미처럼 하루 종일 다락방 구석에
처박혀 있더라도 자신의 생각을
버리지 않는 한 세상은 조금도
좁게 느껴지지 않을 것이다.

나는 더 많은 시간을 홀로 보내는 것이 유익하다고 생각한다. 아무리 좋은 친구라 해도 계속 함께 있으면 곧 싫증이 나고 시간을 허투루 쓰게 된다. 나는 혼자 있는 것이 좋다. 고독만큼 같이 있기 좋은 친구를 아직 만나보지 못했다. 대개 우리는 방 안에 혼자 있을 때보다 밖에 나가 사람들과 어울릴 때 더 외롭다.

인간의 삶이란 결국
홀로 살아가야 하는 것 아닌가!

둘.

살아가는 지혜

나는 어떤 사람이 무엇을 할 수 있느냐로 그를 판단하지 않는다. 그 사람이 어떠한 사람인지 알 수 있는 제일 좋은 방법은 그가 어떤 느낌을 주느냐를 보는 것이다. 조용하고 소극적인 사람이 위대한 일을 해내기도 한다. 재능이란 특정한 분야의 능력만을 나타낼 뿐이다.

성별이나 지위에 상관없이

인생은 자신의 용기를

보여주어야 하는 전쟁터다.

비애는 겁쟁이의 몫이다.

병상에서 죽는 사람에게나

전쟁터에서 죽는 사람에게나 똑같이

인생은 공정한 경기일 뿐이며

그런 의미에서 차별이란 존재하지 않는다.

대다수 사람들은 너무 예의를 차리고
호의를 베푸느라 자신을 망친다.
이런 사람들과는 유익한 대화를 나눌 수 없다.
상대의 어떤 말에든 고개를 끄덕일 채비를 하고서
우유부단하게 굴기 때문이다.

내가 어떠한 사람인지는

뜨거운 여름날의 햇살만큼이나 분명하다.

나는 나다.

더도 말고 덜도 말고.

존재 자체가 그가 어떠한 사람인지를

가장 잘 설명해준다.

내가 누구인지 설명하기 위해서

엉겅퀴가 옥수숫대가 될 때까지

가시를 모조리 뽑아야 하는가?

내가 어떠한 사람인지는

뜨거운 여름날의 햇살만큼이나 분명하다.

나는 나다.

더도 말고 덜도 말고.

존재 자체가 그가 어떠한 사람인지를

가장 잘 설명해준다.

내가 누구인지 설명하기 위해서

엉겅퀴가 옥수숫대가 될 때까지

가시를 모조리 뽑아야 하는가?

친구 한 사람도
납득시키지 못한 사람은
인생에서 성공했다고 할 수 없다.

친구 한 사람도
납득시키지 못한 사람은
인생에서 성공했다고 할 수 없다.

세상에 존재할 때보다 세상을 떠나고 나서 더 가까워지는 사람들도 있다. 죽음을 맞이한 후 더 가까워지고 새롭게 인식되는 사람들이 있는가 하면 그 반대로 더 멀어지고 잊히는 사람들도 있다. 죽음으로 인해 영원히 작별하는 이들 못지않게 더 가까워지는 이들도 많다.

만일 당신이 작가라면 시간이 얼마 남지 않았다는 마음으로 글을 쓰라. 정말로 그러하기 때문이다. 영혼과 맞닿는 매 순간 최선을 다하라. 영감으로 채워진 잔을 마지막 한 방울까지 비우라. 폭음을 두려워하지 말라. 기회를 최대한 활용하지 않은 것을 후회할 날이 오고야 말 테니!
봄은 영원히 지속되지 않는다.

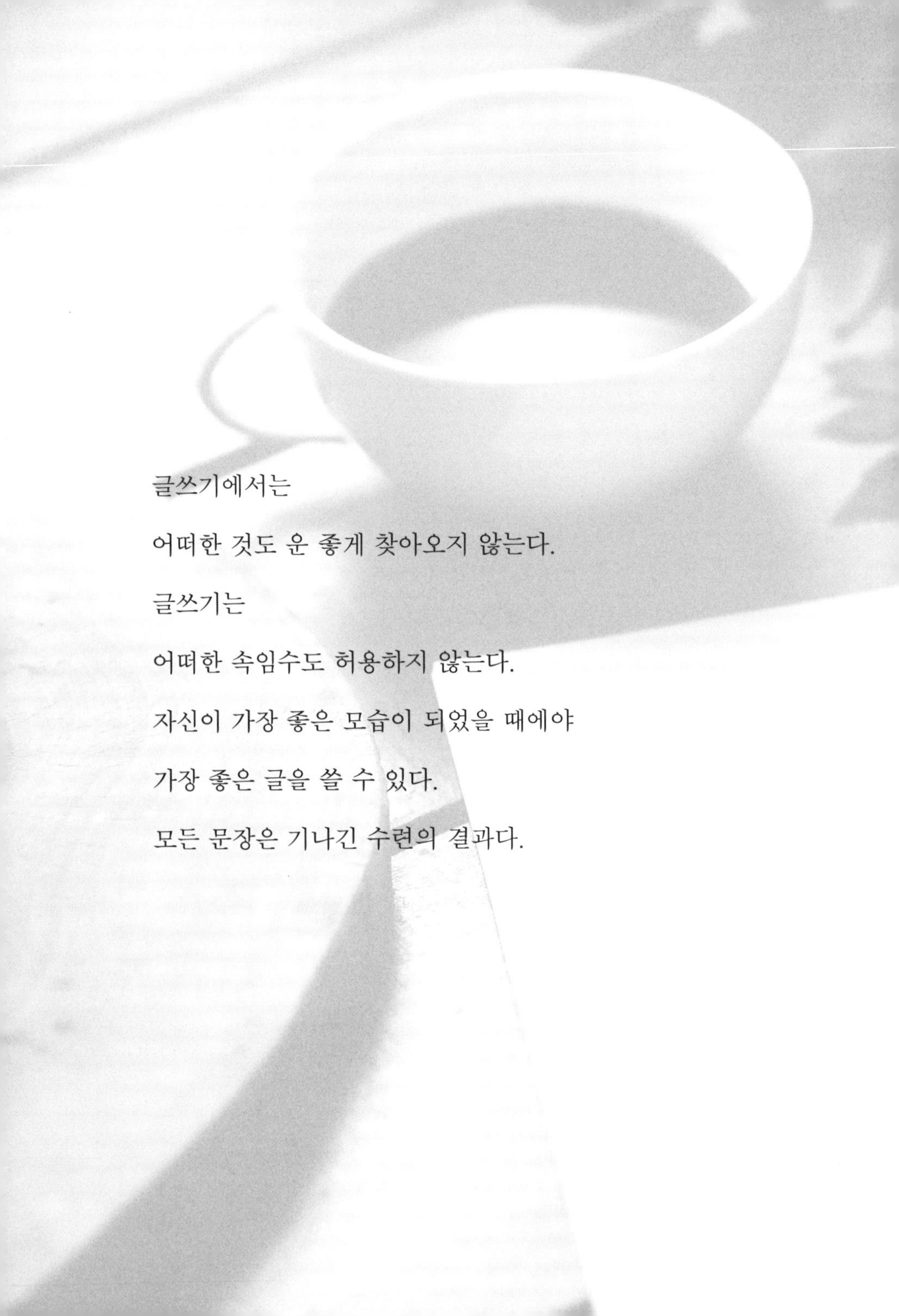

글쓰기에서는

어떠한 것도 운 좋게 찾아오지 않는다.

글쓰기는

어떠한 속임수도 허용하지 않는다.

자신이 가장 좋은 모습이 되었을 때에야

가장 좋은 글을 쓸 수 있다.

모든 문장은 기나긴 수련의 결과다.

어리석은 자들이여,

글의 주제는 아무것도 아니다.

중요한 건 인생이다.

독자의 관심을 끄는 것은

얼마나 깊고

치열한 인생을 보여주느냐다.

어리석은 자들이여,

글의 주제는 아무것도 아니다.

중요한 건 인생이다.

독자의 관심을 끄는 것은

얼마나 깊고

치열한 인생을 보여주느냐다.

내면의 열기가 식기 전에 글을 쓰라.
명에에 구멍을 뚫으려는 농부는 뜨거운 쇠를
재빨리 화로에서 나무로 가져온다.
조금이라도 꾸물대다가는 구멍을 제대로
뚫을 수 없다. 즉시 사용하지 않으면 아무 쓸모도
없게 돼버린다. 꾸물대며 머릿속 생각을 즉시
기록하지 않는 작가는 이미 식어서 무용지물이
되어버린 쇠를 사용하는 것과 마찬가지다.
이런 작가는 독자의 마음에 불을 지를 수 없다.

책을 내라고 충고하는 사람들이 얼마나 많은가! 한편, 더 성찰하는 삶을 살라고 충고하는 사람들은 또 얼마나 적은가! 전자의 경우 온 세상이 한마디씩 거들지만, 후자의 경우 자기 자신 외에는 아무도 충고를 건네지 않는다.

우리는 몸을 위한 자양분을 얻거나

질병을 고치기 위해서

많은 돈을 쓰면서

정작 정신을 위한 자양분에는

별로 신경을 쓰지 않는다.

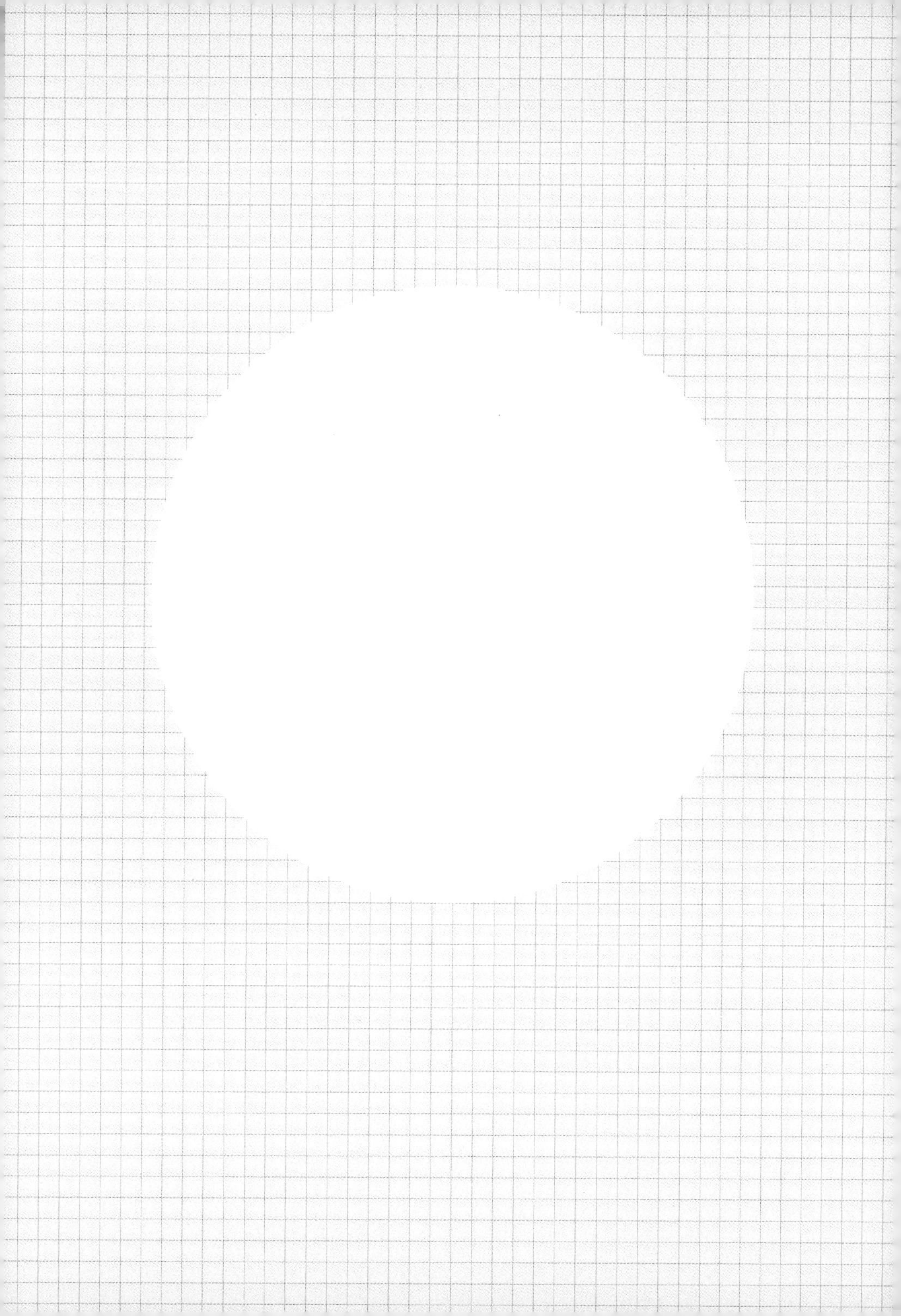

참된 지혜는
통제나 엄격함이 아니라
자유분방함과
어린아이 같은
명랑함에 의해서만 닿을 수 있다.

생계를 꾸리느라 온통 시간을 빼앗겨 한시도 쉬지 못하는 헌신적인 가장들, 신에 대해 이야기하면서 그 주제를 독점하고 싶어 안달이 나서 다른 사람들의 의견은 하나도 듣지 않는 목사들, 의사들과 변호사들, 내가 외출했을 때 내 집에 몰래 들어와 찬장과 침대를 살피는 무례한 주부들, 더 이상 젊은이기를 포기한 채 안정된 길을 걷는 것이 가장 안전하다고 결론 내린 젊은이들. 이들 모두 하나같이 입을 모아 내 위치에서는 큰일을 할 수 없다고 말했다.

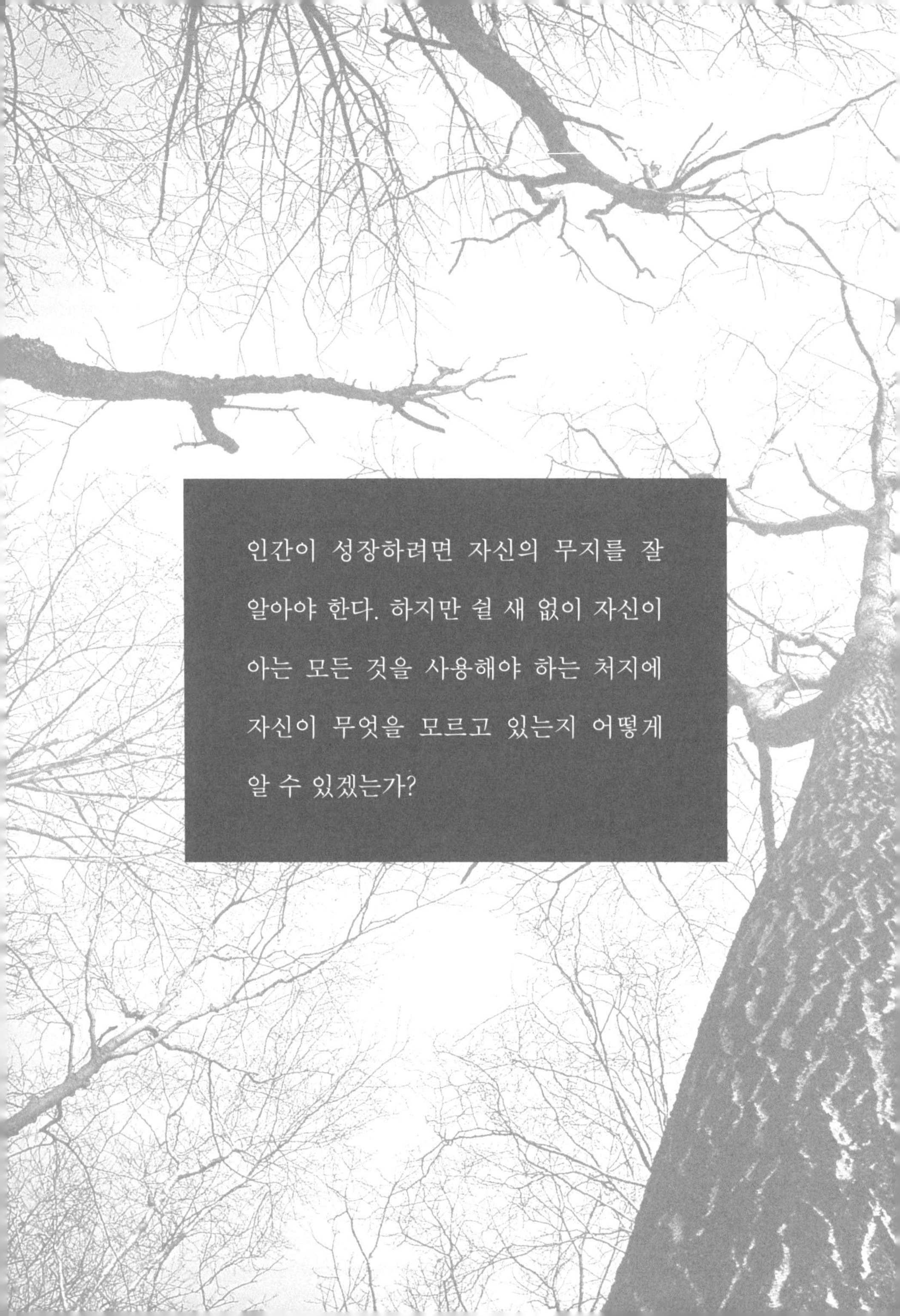

인간이 성장하려면 자신의 무지를 잘 알아야 한다. 하지만 쉴 새 없이 자신이 아는 모든 것을 사용해야 하는 처지에 자신이 무엇을 모르고 있는지 어떻게 알 수 있겠는가?

어떠한 수단이나 훈련도 언제나 깨어 있는 일의 중요성을 대체하지 못한다.

봐야 하는 것들을 놓치지 않고 보는 훈련은 어떠한 역사 수업이나 철학 수업이나 시 수업, 훌륭한 사람과의 교제, 잘 짜인 하루 시간표보다도 낫다. 당신은 단순히 독자나 학생이 될 것인가, 아니면 앞날을 내다보는 사람이 될 것인가?

운명을 읽어내고, 앞에 무엇이 펼쳐져 있는지 똑바로 보고, 미래 속으로 걸어가라.

나는 저울에 올라가 이리저리 균형을 잡다가
제자리를 찾은 후 가장 강력하고 정당하게
나를 끌어당기는 것에 자연스레 끌려가고 싶다.
꼼수를 부려 제 무게를 속이려 애쓰고 싶지는 않다.
상황을 마음대로 추측하지 않고 실제 있는 그대로
받아들이고 싶다. 내가 갈 수 있는 유일한 길,
어떠한 권력도 나를 막을 수 없는
그 길을 걸어가고 싶다.

인간의 삶은 가장 사소한 일들을

얼마나 잘 해냈느냐에 따라

평가된다.

그것이 최종 평가다.

어쩌다가 남을 돕게 되었다 해도 오른손이 하는 일을 왼손이 알지 못하게 하라. 알 가치가 없기 때문이다. 물에 빠진 사람을 구했다면 별일 없었다는 듯 조용히 구두끈을 매라. 마음의 평정을 되찾았다면 다른 일을 자유로이 시작하라.

선행이나 기부는

그걸 베푼 사람이 아닌

진리와 사랑에 은혜를 입는 것이다.

따라서 우리 스스로 더 진실하고

더 친절해져야 한다.

얼마나 친절을 베푸느냐,

그리고 얼마나 기꺼이 그렇게 하느냐에 비례하여

진리와 사랑에 진 빚이 줄어든다.

사랑에는

더

사랑하는 것

이외에

치료약이

없다.

여행자!

나는 이 이름을 사랑한다.

여행자는 마땅히 존경받아야 한다.

여행자라는 직업은 인간의 삶을

가장 잘 상징해서 보여준다.

한 곳에서 출발해

다른 한 곳으로 향하는 것.

모든 인간 하나하나의 역사가

그렇지 아니한가!

후회를 최대한 즐기라.

슬픔을 억누르지 말라.

후회를 보살피고 소중히 여기다 보면

그만의 존재 목적을 가질 때가 올 것이다.

깊이 후회하는 것은

새롭게 태어나는 것과 같다.

오늘날 철학 교수는 있지만 철학자는 없다. 철학자가 된다는 것은 단지 심오한 사고를 하거나 학파를 세우는 것이 아니라 지혜를 매우 사랑하여 지혜가 이끄는 대로 살아가는 것을 의미한다. 즉 소박하고 독립적이고 관대하고 남을 믿는 삶을 살아가는 것이다. 진짜 철학자는 이론으로써만이 아닌 실제로 인생의 문제들을 해결해야 한다.

사람들은 진리가 멀리에 있다고 생각한다.

우주의 변두리에,

가장 멀리 떨어져 있는 별 뒤에,

아담이 태어나기 전이나 인류가 멸망한 후에

존재할 거라고 생각한다.

물론 영원 속에는 참되고 숭고한 무엇이 있다.

하지만 인간이 사는 데 필요한 모든 진리는

바로 지금 여기에 있다.

몸이 깨어나야 정신도 깨어난다.

깨어 있는 몸은 진부하고 길든 삶을 거부한다.

사치나 나태에 썩은 몸을 가지고 정신의 분투를

할 수 있다고 생각하는 사람은 치명적인 착각에

빠진 것이다. 몸은 영혼의 첫 개종자다.

인간의 삶은 영혼이 그 열매인 몸으로

드러나는 것이다. 인간의 본분은 단 한 줄로

표현할 수 있다.

'온전한 몸을 만들라.'

내가 말하려는 주요 대상은 삶에 불만을 품고 있는 사람들이다. 이들은 삶을 개선할 수 있을 때에도 운명이나 시대의 가혹함에 대해서 불평만 한다. 이들 중에 어떤 사람들은 자기는 의무를 다하고 있다며 비탄에 빠진 채 모든 일에 대해 열렬히 불평을 해댄다. 내가 말하려는 또 다른 대상은 겉보기에는 부유하지만 지독하게 빈곤한 사람들이다. 이들은 찌꺼기 같은 부를 쌓았지만 그것을 어떻게 사용해야 하는지 혹은 어떻게 치워야 하는지 몰라서 자신에게 금이나 은으로 된 족쇄를 채운다.

때때로 세상에

전혀 희망이 없는 것처럼

보일 때가 있다.

세 끼를 챙기고

우체국에 가는 것만

중요한 사람들이 얼마나 많은가!

우리는 어른이 된 후에도

어린 시절의 꿈을 이야기하며

앞으로 나아가지 못하고 머뭇거리는 것 같다.

하지만 어린 시절의 꿈은

우리가 언어를 배우기 전에

이미 기억 밖으로 사라져버린 지 오래다.

나는 어떤 사람의 옷에 기운 자국이 있다고 하여 그 사람을 조금이라도 업신여긴 적이 없다. 하지만 단언컨대 사람들은 깨끗한 양심을 갖고자 하는 열망보다 화려하거나 최소한 말끔하고 기운 자국이 없는 옷을 갖고자 하는 열망이 더 크다. 가끔 나는 주위 사람들에게 기운 옷이나 엉성하게 지은 옷을 입을 수 있느냐고 물어본다. 대부분의 사람들은 그렇게 하면 인생이 끝장나기라도 할 듯이 군다. 이들은 찢어진 바지를 입고 다니느니 부러진 다리로 절뚝거리며 다니는 게 더 낫다고 생각한다. 다리에 문제가 생기면 고치면 그만이지만 바짓가랑이에 문제가 생기면 어찌할 도리가 없다고 생각하는 것이다. 사람들은 진짜로 중요한 것이 아닌, 중요하다고 여겨지는 것에만 신경을 쓴다.

사람들이

성공했다고 여기고

찬양하는 삶은

오직 한 가지뿐이다.

왜 다른 삶들을

희생하면서까지

한 가지 삶을

떠받들어야 하는가?

천성이 기민하고 건강한 사람들은 하늘에 또렷하게 떠있는 태양을 애써 외면하는 법이 없다. 편견을 버리기에 너무 늦은 때란 없다. 아무리 오래된 사고방식 또는 행동방식일지라도 근거가 없다고 생각되면 믿지 말아야 한다.

사교성은 인간의

가장 경멸스럽고 한심한 측면이다.

마치 양떼처럼 영문도 모른 채

서로를 따라하는

모습을 보라.

우리는 참된 교제에서 점점 더 멀어지고 있다.

침묵은 참된 교제로 향하는 방법이었다.

대화는 사람들을 진실로 만나지 않으려는

도피 방법에 불과하다.

사람들은 머리가 아닌 발뒤꿈치로만

만나는 데에 만족하는 것 같다.

'두려움'

세상이나 결과에 대한

모든 두려움은

참된 정의를 행하고야 말겠다는

인간의 열망 앞에

무릎을 꿇는다.

‘진실’

세상에 알려진

어떤 지혜든 내 옆에 와서

내게 말을 걸기 전까지는

명백한 거짓에

불과하다.

콜럼버스가 되어 당신 안에 있는

새로운 대륙과 세계를 탐험하라.

무역을 위해서가 아닌 사상을 위해

새로운 항로를 개척하라.

모든 사람은 자신만의 왕국을 가지고 있으며,

그 왕국 옆에서는 러시아 황제의 대제국도

보잘것없는 작은 나라, 얼음으로 덮인

작은 흙무더기에 지나지 않는다.

당신의 삶이 얼마간 하찮을지라도 그 삶을 똑바로 대면하고 살아가라. 삶을 피하거나 비하하지 말라. 그러는 당신 자신만큼 삶이 나쁘지는 않다. 가장 부유할 때 가장 가난해 보이는 법이다. 잔소리꾼들은 천국에 가서도 잔소리를 해댈 것이다. 가난하다 하더라도 자신의 삶을 사랑하라. 빈민구호소에 산다 해도 충분히 즐겁고, 황홀하고, 눈부신 시간들을 보낼 수 있다.

나는 실험을 통해서 적어도 다음과 같은 것들을 배웠다. 만약 어떤 사람이 자신이 꿈꾸는 방향으로 자신 있게 나아가고 자신이 상상한 삶을 살려고 열심히 노력한다면 그는 언젠가 예기치 못한 성공을 만나게 될 것이다. 그는 불필요한 것들은 떨쳐버리고 보이지 않는 경계선을 넘을 것이다.

셋.

자연이 가르쳐준 것들

나는 매사추세츠 주

콩코드에 있는

월든 호숫가 숲 속에

직접 오두막을 짓고

혼자 살았다.

나는 온전히 스스로의

노동으로만

생계를 꾸렸다.

그곳에서 나는

2년 2개월을 살았다.

8월에 가벼운 폭풍우가 지나가고

다음 폭풍우가 오기 전,

이 작은 호수는 가장 소중한 이웃이었다.

대기와 호수 모두 완벽하게 고요했고

하늘도 구름으로 뒤덮여 있어서

오후 중반만 돼도 저녁의 평온함이 느껴졌다.

개똥지빠귀가 노래하는 소리만이

호숫가를 따라 들려왔다.

가장

아름다운 소리를

듣기 위해서는

가만가만

걸어야 한다.

몸과 마음은

평온한

상태여야 한다.

마음을 졸여서는

안 된다.

가장

아름다운 소리를

듣기 위해서는

가만가만

걸어야 한다.

몸과 마음은

평온한

상태여야 한다.

마음을 졸여서는

안 된다.

자연은 결코 서두르지 않는다.

자연은 고른 속도로 움직인다.

싹은 서두르거나 혼란스러워하지 않고

서서히 몸을 키운다.

마치 짧은 봄날이 영원이라도 되는 듯이.

언뜻 보면 자연 만물은

저마다 따로 움직이는 것 같지만

하나의 싹을 틔우기 위해

모두가 속도를 맞춘다.

아침과 봄에

어떻게 느끼는지를 가지고

건강을 가늠하라.

만약 자연이 깨어나는 것을 보고도

아무런 느낌이 없다면,

즉 이른 아침의 산책에 대한 기대감에

졸음이 달아나거나,

새의 첫 지저귐 소리에

감동이 느껴지지 않는다면,

당신 인생의 아침과 봄은

이미 지나간 것이다.

아, 아침 공기!
사람들이 하루의 원천인 새벽에
아침 공기를 마시려 하지 않는다면
그것을 병에 담아
가게에서 팔기라도 해야 하지 않을까.
아침 시간을 꼬박꼬박 받아볼 수 있는
정기구독권을 잃어버린 사람들을
위해서 말이다.

아, 아침 공기!
사람들이 하루의 원천인 새벽에
아침 공기를 마시려 하지 않는다면
그것을 병에 담아
가게에서 팔기라도 해야 하지 않을까.
아침 시간을 꼬박꼬박 받아볼 수 있는
정기구독권을 잃어버린 사람들을
위해서 말이다.

우리는 결국
자연과
교감할 때에만
건강해질 수
있다.

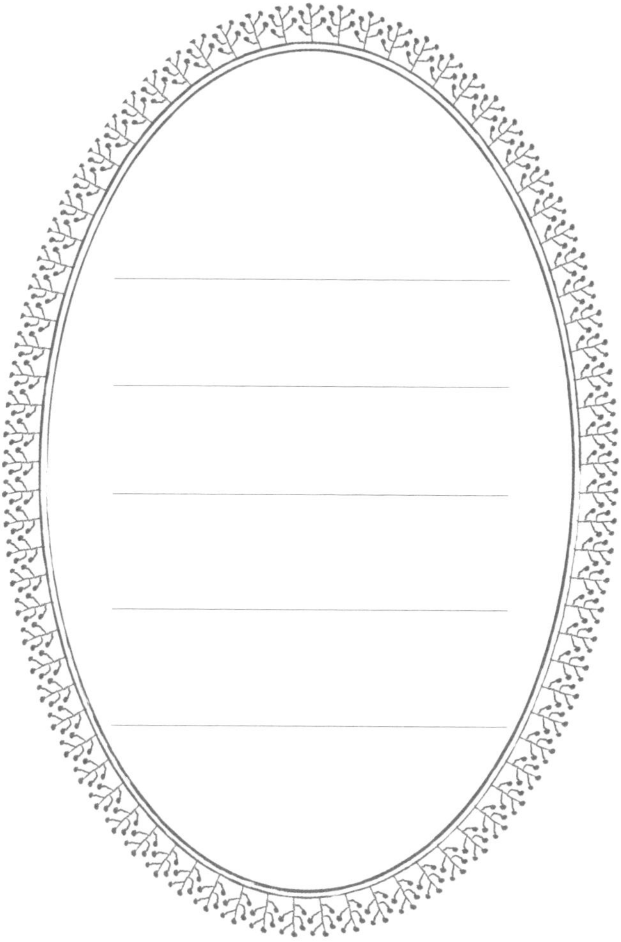

우리는 강하고 아름다워져야 한다.

영혼과 동행하기에 적합하도록

우리의 몸을 부지런히 수련해야 한다.

그리하여 나무처럼 자라서

자연 속에서 적절하고 유익한 존재가 되도록

최선을 다해야 한다.

내가 자연을 사랑하는 이유는
자연이 인간에게서
멀리 떨어진 은신처이기 때문이다.
인간의 제도는 자연을 통제할 수도 없고
자연에 침투할 수도 없다.

내가 자연을 사랑하는 이유는
자연이 인간에게서
멀리 떨어진 은신처이기 때문이다.
인간의 제도는 자연을 통제할 수도 없고
자연에 침투할 수도 없다.

계절이 지나가는 대로

그 계절 안에 살라.

계절의 공기를 들이마시고,

계절의 음료를 마시고,

계절의 과일을 맛보고,

각 계절에 자신을 순순히 내맡기라.

계절을 당신의 유일한

음식, 음료, 약초로 삼으라.

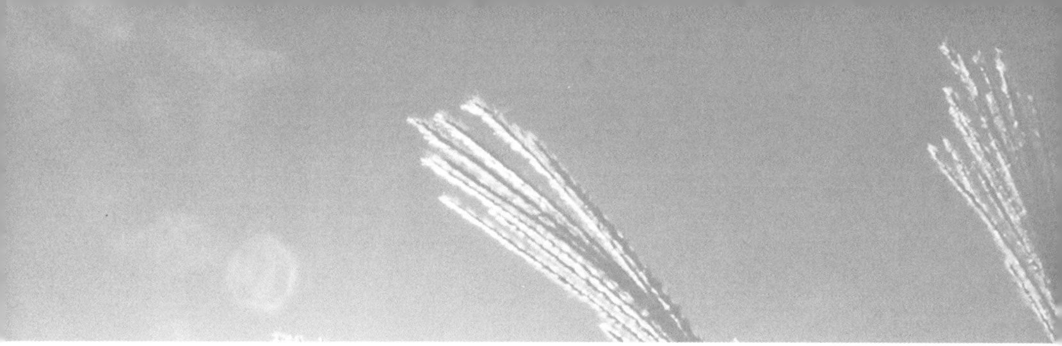

서두르지 말라. 자신의 일에 몰두하라.

거북이를 생각하라.

온 여름, 즉 6월과 7월과 8월은 거북이 한 마리가

알을 깨고 나오기에 지나치게 짧지도,

지나치게 길지도 않다.

아마 당신은 시름에 빠져 세상을 비관하고

삶의 끝을 떠올렸을 것이고, 모든 일이 파국으로

치닫는 것 같다고 느꼈을 것이다.

하지만 자연은 거북이의 속도로 조용하고

착실하게 앞으로 나아갔다.

거북이 또한 시간의 참된 가치를

알고 있지 않았겠는가?

사색을 하려거든 잔잔한 개울로 가서

물의 흐름에 몸을 맡기라.

절로 사색에 잠기게 되리라.

온힘을 다해 노를 저으며

흐름을 거슬러 올라간다면

조급하고 충동적인 생각들만이

머릿속에 흐를 것이다.

내가 보기에 대부분의 사람들은

자연을 사랑하지 않는 것 같다.

그들은 생계에 지장만 없다면

자연의 아름다움을 즐길 수 있는

자신의 몫을 돈을 받고 팔아넘길 것이다.

럼주 한 잔에 팔아넘길 사람도 한둘이 아닐 것이다.

인간이 아직까지 하늘을 날 수 없다는 사실이

얼마나 다행인가!

땅 다음으로 하늘마저 초토화시키는 일이

없을 테니 말이다.

나는 사람의 꽃과 열매를 원한다.

그 사람에게서 나에게로 향기가

실려 오기를 바라며

우리의 교제에

성숙한 풍미가 있기를 바란다.

물고기 한 마리가 뛰어오르거나
곤충 한 마리가 떨어지기만 해도
호수에는 아름다운 잔물결로
겹겹의 보조개가 만들어지고
그 사실이 사방팔방에 알려진다.
호수 깊은 곳에서
물이 끊임없이 솟아나고,
마치 호수가 살아 있는 듯
부드럽게 맥박이 뛰고 가슴이
오르락내리락하는 것처럼 보인다.
환희의 전율은
고통의 전율만큼이나 강렬하다.

나는 내 삶에 넓은 여백이 있기를 바란다. 때때로 여름날 새벽에 나는, 늘 그렇듯 목욕을 하고 오두막 앞에 앉아서 해 뜰 때부터 정오까지 햇볕을 쬐며 몽상을 즐겼다. 소나무, 호두나무, 옻나무에 둘러싸인 채 아무도 방해하지 않는 완벽한 고독과 고요함에 빠질 수 있었다. 새들은 지저귀면서 주변을 날아다니거나 기척도 없이 오두막 안으로 휙 날아 들어왔다 나갔다. 태양이 오두막의 서쪽 창문에 걸리거나 멀리서 어느 여행자의 마차 소리가 들릴 때쯤에야 문득 시간이 훌쩍 지났다는 걸 깨닫곤 했다.

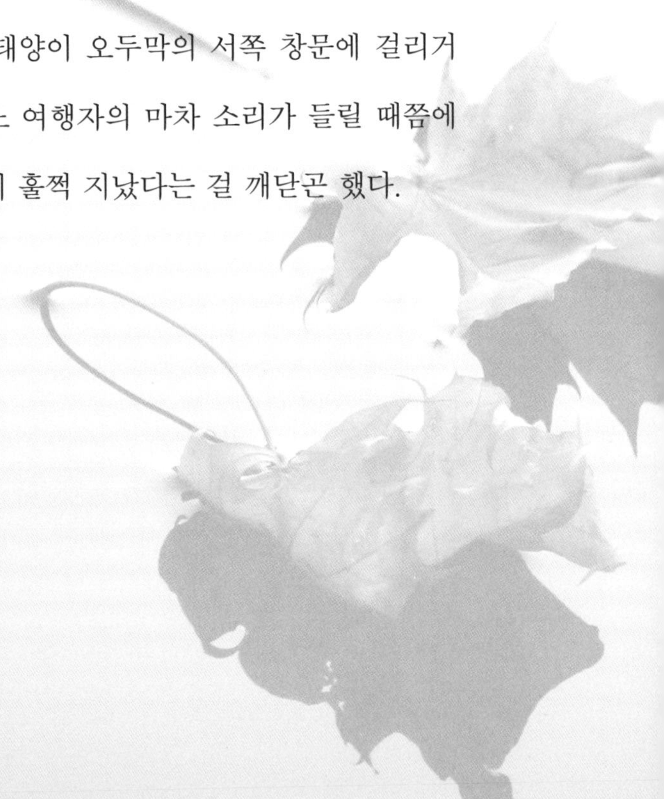

나는 이렇게 혼잣말을 했다.
내년 여름에는 콩과 옥수수만 그렇게
고되게 심지 말자.

씨앗을 겨우내 잘 보관할 수만 있다면
성실, 진리, 소박함, 신념, 순수 같은 씨앗들을
심어서 좀 덜 고되게 일해도
그 씨앗들이 이 땅에서 잘 자라나
나를 지탱해줄 것인지를 지켜보자.
이 땅은 그런 씨앗들을
키우지 못할 정도로 형편없지는 않으니까.

자연의 각 단계는 눈에 띄려고 하거나
무엇을 강요하지 않는다.
언제나 그 자리에 있지만 우리의 관심을
요구하지도 않는다.
자연은 조용하면서도 마음이 통하는 친구와 같다.
그런 친구와 함께 있으면 대화를 해야 한다는
압박감 없이 자유로이 걷고 대화하거나
침묵할 수 있으며 고독을 유지할 수 있다.

자연이 낙엽들로
어수선해 하는 일은 없다.
자연은 완벽한 농부다.
자연은 묵묵히
그 모든 것들을 건사한다.

마침내 한 해 동안의 노력이 완성되고

모든 잎이 절정으로 물들어

가장 무심한 사람조차 그냥 지나칠 수 없게

찬란한 빛을 내뿜는다.

단풍의 색조에는 어떠한 후회도

슬픔도 없다.

마침내 한 해 동안의 노력이 완성되고

모든 잎이 절정으로 물들어

가장 무심한 사람조차 그냥 지나칠 수 없게

찬란한 빛을 내뿜는다.

단풍의 색조에는 어떠한 후회도

슬픔도 없다.

탐욕과 이기심,

땅을 재산으로 보거나

재산을 불리는

주요한 수단으로 여기는

천한 습성 때문에

자연 경관은 기형이 되었고

농사의 가치는 떨어졌으며

농부는 가장 비루한 삶을

영위하고 있다.

오늘 아침 모든 이파리와 잔가지가
눈부신 얼음 갑옷을 입고 있었다.

드넓은 들판의 풀잎들에도
다이아몬드가 수도 없이 매달려 있었고
여행자가 스쳐 지나갈 때마다
즐거운 듯이 댕그랑거렸다.

말 그대로 보석을 잘게 부수어
흩뿌려놓은 것 같았다.

간밤에 누군가 땅을 한 꺼풀 벗겨
순백의 크리스털 층이 햇빛에 드러난 듯했다.

나는 주인 없는
낡은 도끼 한 자루를 가지고 있었는데
겨울에 가끔 그걸 가지고
집 앞 양지바른 곳에 자리를 잡고
콩밭에서 캐 온 나무 그루터기를
가지고 놀았다.
나무 그루터기는
나를 두 번 따뜻하게 해주었다.
그걸 쪼개 장작으로 만들 때 한 번,
그리고 그걸로 불을 피울 때 한 번 더.
그러니 어떠한 연료도
이보다 더 많은 열을 내지는 못하리라.

원시시대의 단순하면서도 야생적인 생활 덕분에 인간은 자연 속에 일시적인 체류자로 존재할 수 있었다. 음식과 잠으로 원기를 회복하고 나면 인간은 다시 자신의 여행에 대해 생각했다. 천막 안에 살면서 골짜기를 누비거나 들판을 가로지르거나 산꼭대기에 올랐다. 아! 이제 인간은 자신이 만든 도구의 도구가 되어버렸다. 배가 고프면 마음대로 과일을 따 먹던 인간이 이제는 농부가 되었다. 나무 아래를 주거지로 삼았던 인간이 이제는 집을 떠날 줄을 모른다. 우리는 더 이상 밤에 천막을 치지 않는다. 인간은 땅에 정착하느라 하늘을 잊어버렸다.

집안일은 즐거운 소일거리였다. 마루가 더러워진 것 같다 싶으면 나는 아침 일찍 일어나 침대를 제외한 모든 가구를 집 밖으로 꺼내 풀밭 위에 두고 마루에 물을 끼얹고서 호수에서 가져온 하얀 모래를 그 위에 뿌린 다음 마루가 깨끗하고 하얗게 될 때까지 솔로 북북 문질렀다. 마을 사람들이 아침 식사를 마칠 때쯤엔 아침햇살에 마루가 충분히 말랐기 때문에 다시 집 안으로 들어가 평소처럼 아침 명상을 즐길 수 있었다.

더 젊었을 때 나는, 한여름 오전에 보트를 저어 호수 한가운데로 가서 보트 바닥에 드러누워 산들바람에 배를 맡긴 채 몇 시간이고 몽상을 즐겼다. 그러다가 보트가 모래사장에 닿으면 자리에서 일어나 운명이 나를 어느 호숫가로 떠내려가게 했는지 내다보았다. 게으름을 부리는 일이 가장 매력적이고 생산적인 일이던 시절이었다. 하루 중 가장 귀중한 시간을 그렇게 보내기 위해 오전에 몰래 빠져나오던 날이 얼마나 많았던가. 그 당시 나는 부유했다. 돈이 많아서가 아니라 여름날의 찬란한 시간들을 그렇게 마음껏 쓸 수 있어서. 나는 작업장이나 교단에서 시간을 더 보내지 않은 것을 결코 후회하지 않는다.

날마다 멀리, 넓은 지역으로 낚시와 사냥을 떠나라. 매일 더 멀리, 더 넓은 지역으로! 불안에 떨지 말고 시냇가나 길가에서 편히 쉬라. 젊은 날에 떠올리던 조물주를 기억하라. 동이 트기 전에 걱정을 떨치고 일어나 모험을 찾아 떠나라. 낮에는 또 다른 호수로 향하고 밤이면 어느 곳에든 편히 몸을 눕히라. 여기보다 더 넓은 벌판은 없으며 지금 하는 놀이보다 더 가치 있는 놀이는 없다. 본성에 따라 야생성을 되찾으라. 천둥이 우르릉거리면 그러도록 내버려두라. 농부의 작물을 좀 망친다 해도 무슨 상관인가? 당신이 맡은 일이 아니다. 사람들이 마차나 헛간으로 몸을 피할 때 당신은 구름 아래로 대피하라. 생계를 꾸리는 것을 업으로 삼지 말고 오락으로 삼으라. 땅을 사랑하되 소유하지는 말라. 진취성과 신념이 부족하기 때문에 사람들은 지금처럼 물건을 사고팔며 농노처럼 인생을 보내고 있는 것이다.

인간의 다사다난한 삶이

자연 안에서 펼쳐지지 않는다면

자연이 무슨 소용이 있겠는가?

인간의 수많은 기쁨과 슬픔은

자연을 가장 아름답게 만들어주는

빛과 어둠이다.

나는

숲으로 갔을 때와

마찬가지로

합당한 이유가

있었기 때문에 숲을 떠났다.

소로우 연보

1817　7월 12일 매사추세츠 주 콩코드에서 출생

1828　사립 중등학교인 콩코드 아카데미 입학

1833　하버드 대학 입학

1837　하버드 대학 졸업. 자신이 다닌 모교 초등학교에서 학생을 가르쳤으나 체벌을 강요하는 학교측과 마찰을 빚어 사직. 11월부터 일기를 쓰기 시작

1838　6월 형 존과 함께 '체벌 없는 학교'라는 슬로건으로 콩코드에 사립중등학교 설립

1840　초월주의 잡지 「다이얼(The Dial)」 창간

1841　형의 건강 악화로 콩코드 아카데미 폐교. 이때부터 2년 동안 에머슨의 집에서 일꾼으로 일하며 독서와 산책에 몰두

1842　형 존이 파상풍으로 사망

1843　에머슨의 추천을 받아 뉴욕으로 떠났으나 도시생활에 염증을 느끼고 고향으로 돌아와 가업인 연필제조업을 도움

1845　7월 4일 독립기념일에 맞춰 월든 호숫가로 들어가 오두막을 짓고 살기 시작. 형을 추억하며 『콩코드 강과 메리맥 강에서의 일주일』 집필 시작

1846　『월든』을 집필하기 시작. 세금납부를 거부해 감옥에 갇혔다가 석방

1847　오두막 생활을 끝냄. 에머슨의 집으로 들어가 가정교습과 강연 등을 하며 생활

1849　『콩코드 강과 메리맥 강에서의 일주일』 출간. 『시민저항 One Civil Disobedience』 출간

1854　『월든: 숲 속의 생활』 출간

1862　5월 6일 지병이던 결핵으로 사망

소로우 저서

소로우 하면 누구나 『월든』을 떠올리지만 그가 남긴 작품은 에세이, 일기, 기사, 기고문, 시 등 총 20종이 넘는다. 이중에서 가장 널리 읽힌 책이 『월든』과 『시민 불복종』이다. 그의 시대 비판 정신과 저항의식에 주목하는 사람들은 『시민 불복종』을 더 높이 평가하기도 한다. 그의 작품 대다수는 사후에 출판되었으며, 20세기 들어 그의 생애와 글, 사상을 분석한 책도 다수 출간됐다.

대표 저서

『콩코드 강과 메리맥 강에서 보낸 일주일』(A Week on the Concord and Merrimack Rivers, 1849)
『시민 불복종』(Resistance to Civil Government, 1849)
『월든』(Walden; or, Life in the Woods, 1854)
『메인 숲』(The Maine Woods, 1864)
『케이프코드』(Cape Cod, 1865)
『캐나다의 양키』(A Yankee in Canada, with Anti-Slavery and Reform Papers, 1866)
『야생의 열매』(Wild Fruits, 1862)
『원칙없는 삶』(Life Without Principle, 1863)
『씨앗에 대한 신뢰』(Faith in a Seed, 1993)
이 밖에 일기와 편지, 시 등이 있다.

소로우가 되는 시간

1판 1쇄 펴낸 날 2016년 1월 11일
1판 6쇄 펴낸 날 2023년 10월 10일

지은이 | 헨리 데이비드 소로우
엮고 옮긴이 | 안진희

펴낸이 | 박경란
펴낸곳 | 심플라이프
등 록 | 제2011-000219호(2011년 8월 8일)
주 소 | 경기도 파주시 광인사길88 3층 302호(문발동)
전 화 | 031-941-3887
팩 스 | 02-6442-3380
이메일 | simplebooks@naver.com
블로그 | http://simplebooks.blog.me

ISBN 979-11-86757-04-8 03810

• 이 도서의 국립중앙도서관 출판시도서목록(CIP)은 서지정보유통지원시스템 홈페이지(http://seoji.nl.go.kr)와 국가자료공동목록시스템(http://www.nl.go.kr/kolisnet)에서 이용하실 수 있습니다.(CIP제어번호: 2015034146)